FLEURS

DU

CHABLAIS

POÉSIES INTIMES

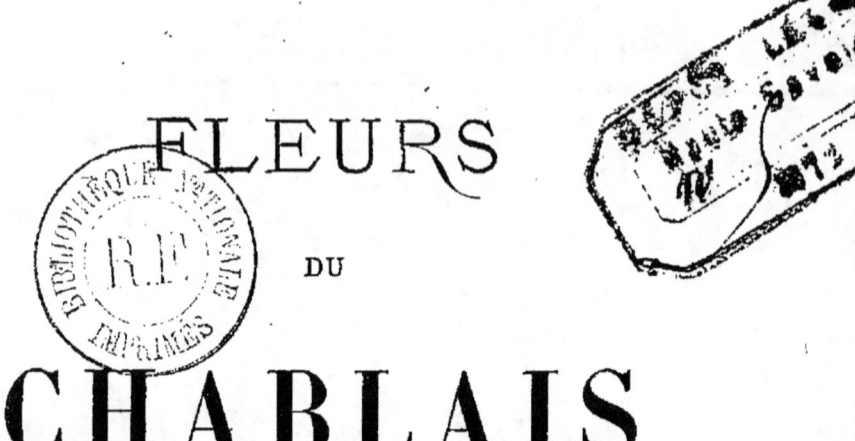

ANNECY

IMPRIMERIE DE CHARLES BURDET

1872

FLEURS DU CHABLAIS

—

POÉSIES INTIMES

—◦◆◦—

I

A UNE JEUNE FILLE.

I

Votre front, si joyeux naguère,
Et d'où le bonheur s'est enfui,
Tristement se penche aujourd'hui,
Comme un lis brisé, vers la terre.

Vos yeux, dont l'éclat est si pur,
Tout pleins d'innocence naïve,
Pleurent comme une source vive :
Quel orage en ternit l'azur ?

Dites les peines qui désolent
Et troublent votre cœur ainsi ;
Dites quel est ce noir souci ;
La muse a des chants qui consolent.

Je veux, pour calmer tant d'effroi,
Chanter votre douleur secrète,
Et si ma lyre est indiscrète,
Pardonnez-moi ! Pardonnez-moi !

II

A l'âge de six ans, tu t'appelais Blondine.
Ton visage, où brillait une grâce divine,
   Nous éclairait de ses lueurs.
A ton aspect, les pleurs au bord de la paupière
S'arrêtaient, et notre âme aux flots de ta lumière
   Ouvrait toutes ses profondeurs.

Chacun obéissait à tes plus fous caprices ;
On adorait en toi jusques à tes malices
   Et tes colères de lutin ;
Dociles et soumis à ta voix souveraine,
On aurait opéré des prodiges sans peine
   Pour un baiser chaque matin.

Tu souriais alors heureuse à ta poupée ;
Tu tenais avec soin sa tête enveloppée,
   En la berçant sur tes genoux ;

Tu regardais toujours sa bouche fraîche et rose
Et tu ne savais voir en ce monde autre chose
   Que ta poupée et tes joujoux.

Ainsi dans nos jardins la fleur qui vient d'éclore
Etale confiante aux regards de l'aurore
   Ses charmes, trésors innocents ;
Sourit aux papillons étincelants de soie
Et ne se doute pas qu'elle sera la proie
   De mille insectes malfaisants.

III

Mais à douze ans déjà vous étiez grande fille ;
Le folâtre lutin devenait sérieux.
On vous mit au couvent et derrière la grille
Pour la première fois on vit pleurer vos yeux.

Désespoir d'un instant ! — L'ombre du sanctuaire
Calma pour de longs jours votre cœur agité ;
Le silence du cloître et la sainte prière
Vous firent rayonner de leur sérénité.

Avec quelle ferveur, en parcourant l'église,
Vous écoutiez l'écho que réveillaient vos pas !
Combien de fois à Dieu vous êtes-vous promise ?
Et combien de serments que vous ne tiendrez pas ?

Serments cent fois jurés d'amitiés éternelles,
D'amitiés, jouets d'or qui se brisent pourtant !

Rêves, illusions aux fugitives ailes
Et dont le ciel était l'unique confident !

IV

Pleine aujourd'hui d'inquiétude,
Amante de la solitude,
Vous fuyez le monde vivant ;
Il n'est pour vous plaisir ni fête ;
Modeste, vous baissez la tête,
Comme vous faisiez au couvent.

Lorsque le soir l'Angelus tinte
Et soupire trois fois sa plainte
En vous appelant au saint lieu,
L'encens pour vous n'a plus de charmes,
Et si vous répandez des larmes,
Ce n'est plus dans le sein de Dieu.

Sur votre front, parfois, bel ange,
On voit passer un trouble étrange
Et des nuages inconnus.
Est-ce cauchemar ? Est-ce rêve ?
Avant que la nuit ne s'achève,
Déjà vous ne reposez plus.

Qui vous chagrine ? Ma petite,
Quel sombre penser vous agite
Et vous attriste tout le jour ?

— Cet ennui que vous n'osez dire,
Ce mal secret qui vous déchire,
Je l'ai deviné : c'est l'amour.

                    1869.

II

UNE CHANSON DE ROSSIGNOL.

De mon nid tapissé de mousse,
Par le vent du soir embaumé,
S'élève une voix grave et douce
Qui me dit : « Chante, ô bien-aimé !

« Je suis ta compagne fidèle.
« Aux heures brûlantes du jour,
« Tandis que je couve de l'aile
« Les tendres fruits de notre amour,

« Tu vas chercher pour ta famille
« La pâture sous les buissons ;
« Mais sitôt que l'étoile brille,
« Tu recommences tes chansons. »

Aimons-nous ! — La terre palpite ;
Du renouveau c'est l'heureux temps.
Les belles nuits passent si vite !
Si vite passe le printemps !

Aimons-nous ! — C'est l'heure muette
Où les bosquets n'ont plus de voix ;
C'est l'heure sainte où le poète
S'en vient rêver au fond des bois.

Aimons-nous ! — La lumière à peine
S'est-elle éteinte aux horizons,
Que déjà la forêt est pleine
D'enivrements et de frissons.

Chut ! — Un instant prêtons l'oreille ;
Quel bruit est venu m'effrayer ?
Est-ce la chouette qui veille
Au creux profond du châtaignier ?

Est-ce l'écho qui me répète
La voix lointaine des hameaux,
Ou la vipère qui me guette,
Ou le craquement des rameaux ?

Non. — C'est la plainte des fontaines
Qui gémissent entre leurs bords ;
C'est la voûte immense des chênes
Qui retentit de mes accords.

L'amour inspire mon génie.
Lorsque la nuit tombe des cieux,
Je verse à grands flots l'harmonie
Sur le monde silencieux.

Puisse à mes yeux longtemps encore
Se dérober l'astre du jour !
Chantons, chantons jusqu'à l'aurore,
Pendant le sommeil du vautour.

———

III

A UN AMI.

Dans ce bosquet ravissant d'où s'exhale
Comme un parfum de divin encensoir,
Sur les gazons qu'habite la cigale,
Mon jeune ami, ne va jamais t'asseoir.

Vois, sous les fleurs, se tordre la spirale
D'une vipère à l'œil perçant et noir.
Si le matin, — imprudence fatale ! —
Quelqu'un la touche, il meurt avant le soir.

La vie, ami, ressemble à ce bocage.
Les voluptés, délicieux breuvage,
Troublent le cœur, enivrent la raison :

Mais de ta lèvre éloigne ce calice,
Car des plaisirs la coupe séductrice
Verse à la fois le charme et le poison.

1868

IV

EN PARTANT.

Quitter le seuil de ma demeure,
L'âme pleine de désespoir,
Embrasser un père qui pleure,
Bégayant : Mon fils, au revoir !

Une mère qui veut sourire
Pour me cacher tout son effroi ;
Voir mon chien même qui soupire :
Je veux m'en aller avec toi ;

Voir toutes mes sœurs à la porte,
Pâles, muettes de douleur,

Attendre que leur frère sorte,
Pour réchauffer encor son cœur,

La maison où Dieu m'a fait naître,
Où j'ai passé tant d'heureux jours,
S'éloigner et puis disparaître
A mes yeux qui cherchent toujours ;

Voir les grands arbres sur ma tête
Pencher leurs bras pour me bénir
Et me dire : Où vas-tu, poète?
Quand te verrons-nous revenir ?

Entendre ma source sauvage
Fuir parmi l'herbe et répéter :
Qui, désormais, sur mon rivage,
Viendra, le soir, pour m'écouter ?

Saluer les cimes des chênes
Et le toit de chaque maison ;
Voir les collines et les plaines
Qui s'effacent à l'horizon ;

Sentir en mon cœur, sombre gouffre,
Un tocsin d'adieux retentir :
Voilà les peines que je souffre
Et que résume un mot : *Partir.*

1868.

V

A DUCIS.

A PROPOS DE SES POÉSIES DIVERSES.

Séduit par l'aimable abandon
Et le tour naïf de ta plume,
J'ai fait de ton petit volume
Mon plus intime compagnon.
Où que ce soit que, d'aventure,
Mes pas aillent se promener,
Je partage, sous la verdure,
Les instants que je peux donner,
Entre ton livre et la nature.

Que de fois ai-je récité,
Aux jours heureux de mon enfance,
Et ton bon *Lion de Florence*,
Et ton *Caveau* plein de gaîté !
Tu me souris, tu me consoles
Si je m'assombris en rêvant ;
Je me plais à dire souvent
Les trois romances de tes *Saules*.

Mon vieux Ducis que je chéris,
Dans ma chartreuse solitaire,
J'apprends en lisant tes écrits
L'art de vivre heureux et de plaire.
Au vrai bonheur, ainsi que toi,
Puissé-je, consacrant ma vie,
Garder à l'abri de l'envie
Pour fortune la poésie
Et la seule amitié pour loi !

1868

VI

A MON GÉRANIUM.

Géranium que je protége
Contre les autans rigoureux,
Ne crains ni froid, ni vent, ni neige,
Près de mon âtre on vit heureux.

La flamme du hêtre y pétille
Dès le matin, à mon réveil,
Et l'ardent brasier qui scintille
Te réchauffe comme un soleil.

Si quelque indiscrète poussière
Vient se poser, malgré mon soin,
Sur tes feuilles, avec colère
Mon souffle là disperse au loin.

Pour sauver ta chère existence
Je te prodigue un double amour :
Ma main te verse avec prudence
La goutte d'eau de chaque jour.

Autour de toi, pour te distraire,
J'ai rangé, comme en un jardin,
La rose qui toujours sait plaire,
La renoncule et le jasmin.

Seul tu connais ce que je pense ;
Ensemble nous causons tout bas ;
Je me fie à toi, sûr d'avance
Que tu ne me trahiras pas.

VII

SUR LA MONTAGNE.

J'étais si triste dans la plaine,
J'avais tant pleuré chaque jour,
Qu'hier, pour oublier ma peine,
J'ai pris mon vol avec le jour.

Je suis venu sur la montagne
Inaccessible à la douleur ;
Mais *son* souvenir m'accompagne
Et se cramponne dans mon cœur.

Oui, c'est encore *son* sourire,
En ces vallons, qui m'apparaît ;
C'est *sa* voix même qui soupire
A travers la grande forêt.

Tombez, cascades vagabondes,
Emplissez vos gouffres de bruit
Et roulez, au gré de vos ondes,
Le souvenir qui me poursuit.

Errant sur les bords de l'abîme,
Je viens, pour mon front attristé,
Te demander, ô mont sublime,
Un peu de ta sérénité !

———

VIII

LA DERNIÈRE VISITE.

Ma mère, on a frappé tout bas à notre porte ;
Un bon chrétien, sans doute, accourt nous secourir.
—Non, c'est le fossoyeur qui vient chercher la morte ;
Peut-être dans une heure... Il ne faut pas ouvrir.

— Mère, pour vous j'ai dit une longue prière ;
Sur la croix du Seigneur nous avons tant pleuré !
Dieu n'est-il pas toujours l'ami de la chaumière ?
— Non, c'est un voyageur par les champs égaré.

— Écoutons : une femme est là qui nous appelle.
Le ciel daigne exaucer nos vœux, n'en doutons plus.
Mais une voix répond et la porte chancelle :
« Je suis pour vous servir l'épouse de Jésus.

« Je console le pauvre expirant sur sa couche ;
« Je rassure celui dont l'esprit a douté ;
« Je déride d'un mot le front le plus farouche ;
« L'orphelin vient à moi : je suis la charité.

« Dieu qui prête l'oreille au cri de la souffrance
« M'a prise par la main et m'a conduite ici.
« — A ta voix, m'a-t-il dit, qu'un rayon d'espérance.
« Illumine ce toit désolé ! — Me voici. »

———

IX

LES DEUX VIOLETTES.

Quand la nature, vierge encore,
Entonne l'hymne aux mille voix,
Dieu lui sourit et fait éclore
La violette dans les bois.

Mais bientôt l'herbè haute et forte
Dérobe la fleur à nos yeux
Et le souffle d'avril emporte
Ses derniers parfums vers les cieux.

De l'amitié telle est l'image ;
Cette violette du cœur,
Aux jours fortunés du jeune âge,
S'épanouit avec candeur.

Puis vient l'été pour l'âme humaine :
Les passions, houx malfaisants,
Cachent, sous leur tige hautaine,
L'humble fleur de nos premiers ans.

1871

X

A UN AMI.

Lorsque le rossignol, qu'inspire sa tendresse,
A vu le bûcheron meurtrir le flanc des bois,
Il songe en frémissant au nid plein d'allégresse
Et, se cachant dans l'ombre, il demeure sans voix.

Le roseau plie au vent. Mais toi qu'avec largesse
La nature a comblé de cent dons à la fois,
Dis quel souffle de mort a flétri ta jeunesse ?
Quel est après tes jours le marteau que tu vois ?

Ta barque touche encore aux pierres du rivage,
Et tu parles déjà d'écueils et de naufrage,
Tu n'oses regarder ton horizon vermeil !

Une larme a troublé tes yeux. — Étrange chose !
Il ne faut bien souvent qu'une feuille de rose
Pour nous cacher la face immense du soleil.

1869

XI

A UNE JEUNE FILLE.

Relève vers le ciel ta paupière sereine,
Pour ne pas voir le monde où rampent les méchants ;
Là-haut tout est lumière, ici-bas, tout est haine ;
Ici tombent les pleurs ; là-haut montent les chants.

Qu'importe que la ronce ose enserrer le chêne !
Qu'importe le nuage aux lumineux couchants !
Qu'importent aux monts bleus les vapeurs de la plaine !
Qu'importe l'aquilon à l'humble fleur des champs !

O toi que guette en vain l'infâme calomnie,
Rieuse jeune fille, âme tendre et bénie,
Conserve-nous ta grâce avec ton abandon.

Que font à ton bonheur le mensonge et l'injure ?
Pose un pied innocent sur la vipère impure,
Et laisse autour de toi rayonner le pardon !

                                        1869

XII

FAUSSE ALERTE.

A MADEMOISELLE ***.

Hier, en cueillant une rose,.
Distrait, car je pensais à vous,
Je mis, écoutez bien la chose,
Un chardonneret en courroux.

Tout entier à votre pensée,
J'avais pris au hasard la fleur ;
Mais, sitôt qu'elle fut brisée,
J'entendis un cri de douleur.

Presque effrayé par ce tapage,
Je fouillai l'arbuste des yeux,
Et je trouvai sous le feuillage
Mon chardonneret furieux.

Sur le bord du nid qu'à grand'peine
En huit jours il avait bâti,
Il couvrait de chaume et de laine
Un œuf qui s'y cachait blotti.

« Que me veux-tu ? — semblait-il dire
« D'une voix tremblante d'effroi ; —
« Ce rosier était mon empire,
« J'y vivais heureux comme un roi.

« Sais-tu les travaux que me coûte
« Ce nid, édifice mouvant,
« Et, barbare, sans aucun doute,
« Tu vas le disperser au vent !

« Pour chasser les ennuis moroses
« Qui rident vos fronts rembrunis,
« N'avez-vous qu'à piller les roses
« Et ravir aux oiseaux leurs nids ? »

Ainsi jurait, dans son langage,
Le chardonneret en courroux.
— Moi, je m'en allai comme un sage,
Car je pensais toujours à vous.

                              Mai 1868.

XIII

LES DEUX PERCE-NEIGE.

I

LA PERCE-NEIGE DES CHAMPS :

Le deuil règne en nos plates-bandes;
Au bois les nids pendent muets
Et de leurs dernières guirlandes
Se sont dépouillés nos bosquets.

Seule, je minaude en mon gîte.
Le vieil hiver, tout en émoi,
Se dit : Quelle est cette petite ?
Et vient rôder autour de moi.

Tandis que, nobles demoiselles,
Mes sœurs, par un heureux destin,
En serre chaude font les belles,
Je m'épanouis au jardin.

A ceux qui pleurent sur la tombe,
Où gît la cendre des aïeux,
J'apporte, nouvelle colombe,
Un message mystérieux.

II

LA PERCE-NEIGE DES VILLES :

J'ignore en quels lieux je suis née.
Comme une reine, un beau matin,
J'apparus sur la cheminée
Où s'étale mon blanc satin.

Autour de mon vase on s'empresse
Quand un nouveau bouton fleurit ;
L'enfant me donne une caresse,
La jeune fille me sourit.

Aucun souci ne m'inquiète.
Tranquille et d'un air satisfait,
Je prête une oreille discrète
Aux compliments que l'on me fait.

Mais une pendule voisine
Me dit à chaque heure du jour,
De son timbre à voix argentine :
Va ! tu passeras à ton tour !

1867.

XIV

LA COURONNE DE BLUETS.

Les enfants ne sont point aussi bons qu'on le pense;
La souffrance d'autrui fait souvent leur plaisir ;
Et leur naïveté, qu'on appelle innocence,
    Aime à voir pleurer et souffrir.

J'avais dix ans ; ma sœur était toute petite ;
Ensemble nous allions par les prés et les bois.
On couchait vingt épis pour une marguerite :
    Douce émotion d'autrefois !

Ma sœur était plus vive et plus leste au pillage,
Et moi, frère jaloux, je boudais en mutin :
Le coquelicot rouge et la rose sauvage
    Formaient son radieux butin.

Un jour, elle arriva les épaules chargées
D'herbes et de bluets aux modestes couleurs ;
Ces fleurs ne furent point entre nous partagées ;
    Furieux, je cachai mes pleurs.

Elle en tressa le soir une riche couronne.
Cette œuvre m'indignait et me faisait rager.
Je rêvai dans un coin, sans le dire à personne,
    De punir et de me venger.

Ainsi que les Romains dans l'antique Carthage,
Sur les pauvres bluets je répandis le sel ;
Les craintes de ma sœur me donnaient du courage
 Sa bonté me rendait cruel.

—Que cette cruauté jamais ne vous alarme !
L'enfant hier jaloux des fleurs d'un églantier,
Vous donnerait demain pour tarir une larme
 Les richesses du monde entier.

1867.

XV

HISTOIRE D'UN PIGEON.

Ne vantez plus les canaux de Venise,
Naples avec son volcan pour flambeau,
Constantinople à l'Orient assise :
—Aux soirs d'été, mon lac est le plus beau !

La nuit approche et le vent est propice :
Les matelots tirent l'ancre en chantant.
Vogue la barque, et sur la rive suisse
Les voyageurs seront dans un instant.

Miroir du ciel, le Léman bleu s'étoile
Et le Jura s'efface à l'horizon. --
Gais passagers, rangez-vous sous la voile :
Un bras robuste a saisi l'aviron.

L'onde gémit, et, poussé par la rame,
Déjà l'esquif s'est éloigné du port ;
Mais, tout à coup, s'élève un cri de femme
Et plusieurs mains se tendent vers le bord.

Rassurez-vous. — Ce n'est point un naufrage.
C'est un pigeon, emmené prisonnier,
Qui s'est enfui des barreaux de sa cage,
Et, libre enfin, revient au pigeonnier.

Il s'était dit : « Fuyons d'un vol alerte ;
« On veut demain me vendre pour de l'or. »
Et s'échappant par une porte ouverte,
Près du rivage il a pris son essor.

Le vent qui souffle emporte la nacelle.
La cage est loin. — Le pigeon est resté,
Et sous le toit où repose son aile,
Il bénira deux fois la liberté.

                              1868.

XVI

CARTE DE VISITE.

Si les temps ne sont plus où le pauvre poète,
  Sur sa lyre de troubadour,
Demandait en passant, d'une voix indiscrète,
  L'hospitalité pour un jour,

Il est des lieux encore où la muse brisée
  Par les fatigues du chemin
S'abrite et se réveille alerte et reposée,
  Pour s'envoler le lendemain.

Salut, jardins couchés aux pieds des monts sublimes !
  Toits hospitaliers au passant !
Au foyer d'un ami je compose ces rimes
  En hommage reconnaissant.

Seuil gardé par la grâce, ouvert par le sourire,
  Bosquets où rêveraient les dieux,
Puisse l'écho fidèle après moi vous redire
  L'accent ému de mes adieux.

1867.   R-S-A.

XVII

A UN AMI D'ENFANCE.

Ami, plus qu'un ami, frère de sang et d'âme !
LAMARTINE.

La vie est, tu le sais, un long pèlerinage ;
On heurte à chaque pas et périls et douleurs ;
Mais, si nous sommes deux pour faire le voyage,
Les pierres du sentier se changeront en fleurs.

Avant de nous lancer au courant de la vie,
Arrêtons-nous un peu sur le bord du chemin ;
Déjà longue est pour nous la route poursuivie ;
Nous reprendrons tous deux notre marche demain.

Souvent un voyageur, au milieu de sa course,
S'arrête, et fatigué d'efforts et de labeurs,
Il cherche un gazon tendre et l'onde d'une source
Pour s'asseoir un instant et laver ses sueurs.

Mon ami, faisons halte, et cette onde limpide
Où nous rafraîchirons nos âmes tour à tour,
C'est le pur souvenir de l'enfance candide,
Que le temps loin de nous emporte chaque jour.

L'enfance !.. Mais je vois au bord de ta paupière
Scintiller une larme et ton front s'assombrir.
Tu mêles à tes pleurs une sainte prière ;
Qu'il est triste, mon Dieu ! l'accent de ton soupir !

Un soir, tu t'endormis, et ta mère chérie
T'embrassa sur le front pour la dernière fois ;
On l'entendit parler comme quelqu'un qui prie,
Et prononcer ton nom de sa mourante voix.

. . . .

Tu venais de toucher à ta dixième année
Quand un hasard heureux me mit sur ton chemin ;
L'amitié se leva sur notre destinée
Et tous deux, bien petits, nous nous prîmes la main.

C'était, il m'en souvient aux derniers jours d'automne.
Le collége était plein de bruyants écoliers ;
Les uns y récitaient d'une voix monotone,
Les autres s'amusaient le long des escaliers.

Et moi, triste et pensif, d'humeur un peu sauvage.
Loin des groupes joyeux je restais à l'écart
Et je considérais les enfants de mon âge,
Lorsque je rencontrai ton bienveillant regard.

. . . .

Te souvient-il, ami, de ces vertes allées,
De ce banc où tous deux nous venions nous asseoir ?
Échappés du collége, en joyeuses volées,
Nous allions au jardin folâtrer jusqu'au soir.

Puis en été, saison de folie et de joie,
Ton hameau te voyait bondir parmi les fleurs,
Ou fondre sur les nids comme un oiseau de proie,
Ou prendre avec orgueil la faux des moissonneurs.

. . . .

Mais nous avons passé le seuil de la jeunesse ;
Inquiets, nous guettons l'incertain avenir.
Si nous avons perdu l'enfantine allégresse,
Il en reste un parfum qu'on nomme souvenir.

Mars 1864.

TABLE.

Annecy. — Typ. Ch. Burdet.